Johann Wolfgang Goethe

Von der Höflichkeit des Herzens

und andere Gedanken

Herausgegeben und mit einem Vorwort von Ernst Freiherr von Feuchtersleben

Diogenes

Dies ist eine Auswahl aus dem
1949 im Georg Prachner Verlag,
Wien und Stuttgart, erschienenen Band
Gedanken und Aussprüche,
der 1988 auch im Diogenes Verlag erschien
Umschlagillustration:
Daniel Seghers, ›Vase mit Blumen‹,
vor 1637 (Ausschnitt)

Veröffentlicht als
Kleines Diogenes Taschenbuch, 1999

www.diogenes.ch
50/03/51/2
ISBN 3 257 70139 X

Inhalt

Vorwort

Goethe! – welche Welt von Vorstellungen tut sich vor uns auf, wenn wir diesen Namen nennen! es ist nicht das Leben eines Menschen, was er bezeichnet, – es ist eine ganze Zeit, eine Bildungsepoche, der wir selbst angehören. Ein solches Ganzes läßt sich nicht in den Rahmen einiger Blätter fassen, und sein Leben hat Goethe selbst am besten beschrieben; uns bleibt also nur eine verjüngte Zeichnung in wenigen charakteristischen Zügen möglich.

Dieser wunderbare Mann des Jahrhunderts (wie ihn ein französischer Schriftsteller nennt) wurde in Frankfurt am Main am 28. August 1749 geboren und wuchs in Zuständen auf, wie sie ein wohlgegründetes bürgerliches Hauswesen in einer lebensvollen Handelsstadt mit sich bringt. Der ernste, tüchtige, fast zum Pedantischen neigende Charakter des Vaters, das poetische, praktische, die Welt mit leichtem Sinne hinnehmende Naturell der Mutter verbanden sich im Sohne zu einem glücklichen Ganzen. Dazu kam eine gesunde, kräftige Organisation, Anmut und Würde der Erscheinung, die mannigfachsten Anlagen und die schönsten Gelegenheiten, sie frühzeitig zu bilden und zu üben, endlich die Übereinstimmung der ersten öffentlichen Schritte mit dem, was eben die Zeit bedurfte und wollte, und die Anerkennung eines geistvollen Fürsten – und so entstand eine Erscheinung, wie sie die Welt noch nicht gesehen hatte. »Es war«, sagt ein geistvoller Brite, »als ob Zufall, Gaben und Bemühen sich verabredet hätten, einen Charakter im höchsten Stile zu bilden.« Und wenn wir Goethes Wesen und Wirken im ganzen überblicken, so ist es vielleicht weniger die Größe seiner einzelnen Fähigkeiten als die Harmonie aller, was ihn so einzig macht.

Sein Auftreten als Dichter fiel in eine Zeit der Aufregung und der Krise in Deutschland, von der schwer zu bestimmen ist, ob sie mehr zu seiner oder er mehr zu ihrer Gärung und Entwicklung beigetragen habe. So viel ist gewiß, daß, nachdem er in Leipzig seine juristischen Studien begonnen und für alle seine späteren Bestrebungen einen reellen Boden tüchtiger Bildung gelegt und nachdem er sie in Straßburg, wo Natur und Shakespeare das Losungswort wurden, vollendet – sein *Götz von Berlichingen* und *Werther* eine Wirkung auf ganz Deutschland machten, wie man sie vorher nie erfahren hatte. Sie trafen das Leben und die Gegenwart. Der Erbprinz von Weimar, feurig für alles Große und Schöne, sah den Dichter des *Werther* – und lud ihn, als er die Regierung angetreten, an seinen Hof. Hier gestaltete sich nun jene halb berühmte, halb verrufene Genie-Epoche, von der so viel geschrieben und gefabelt wird. Wie oft klagt man über das

Zeremoniell und Formelwesen, das jede freie Kraftäußerung hemmt! tritt einmal der entgegengesetzte Fall ein – so klagt man wieder. Allein diese Epoche war nur ein Übergang. Goethe machte 1786 eine Reise nach Italien und – kam als ein anderer, und doch wieder ganz er selbst, zurück. Er war sich klar geworden. Die Gärung war vorüber; an der Erkenntnis der Griechen läuterte sich sein Streben; – er schuf Meisterwerke auf Meisterwerke. Merkwürdig bleibt es, daß Goethe, obwohl zeitlebens hochgeehrt, doch, je reiner und heller sein Innerstes hervortrat, desto weniger den rauschenden Beifall der Menge fand, den seine ersten, dunklen, leidenschaftlichen Ausbrüche erregt hatten. Den allgemeinsten und dauerndsten Enthusiasmus rief sein *Faust* hervor, – der gerade in den Mittelpunkt zwischen der Periode des Dranges und der des Bewußtseins fiel. Hier scheint die rechte Sphäre der poetischen Wirkung zu sein. Später teilte sich das Publikum für Goethe in abgöttische Verehrer und Gegner, von denen ihm die ersten wohl mehr schadeten als die letzten. Inzwischen stieg er auch im äußern Leben von einer Stufe der Würde zur andern empor. Er erschien an der Seite seines Fürsten, über den er alles vermochte, als ein wohltätiger Genius, und wenig Treffliches geschah, was nicht Goethe veranlaßt oder vollendet hätte. Aber nicht nur sein Herzog, – fast alle Großen der Erde wetteiferten, ihm ihre Anerkennung zu beweisen. Er stieg bis zum Minister, erhielt von Alexander den Newsky-Orden, von Napoleon das Großkreuz der Ehrenlegion und hundert Auszeichnungen jeder Art. So, auf dem Gipfel des innern wie des äußern Lebens, genoß Goethe, auch von der Natur mit Liebe gehegt und gepflegt, eine nur wenigen beschiedene Reihe von gesegneten Jahren in rastloser, aber behaglicher Tätigkeit. In der zweiten Hälfte seines Lebens wendete er sich von der poetischen Schöpfung mehr der wissenschaftlichen Betrachtung zu – und mitten aus ernsten Studien der Geschichte und Natur rief ihn der stille Genius aus einer Welt, deren Wirkungskreise für diesen Geist zu eng waren.

Goethe starb am 22. März 1832. Unermeßlich sind die Wirkungen, die von ihm ausgingen, unvergleichbar war die seiner Persönlichkeit. Eine Würde ohne Prätention, eine ungesuchte Hoheit, eine durch Humor gemilderte, liebevolle Größe lag im Ausdrucke seines ganzen Wesens, welche unaussprechlich wirkten. Am treffendsten bezeichnet ihn vielleicht das Wort eines deutschen Dichters, der, von ihm kommend, sagte: »Mir war vor ihm zumute wie vor einem, der zugleich mein König und mein Vater ist.«

Es ist Pflicht der Biographen, Irrtümer zu berichtigen, die sich über den Charakter und Wert eines solchen Mannes verbreitet haben. Die Nachwelt soll nicht sagen dürfen: der Deutsche habe seine größten Männer verkannt. Man hat häufig Goethe Mangel an Teilnahme für die Interessen des Staates, der Menschheit vorgeworfen; ein solcher Vorwurf zerfließt bei einigem Studium seiner Werke; wie konnte einem Geiste, einem Herzen wie diesem das Menschliche fremd bleiben? Man verstand die weise Zurückhaltung, die stille, aber große Lehre nicht, die in seinem Schweigen über solche Gegenstände lag. Man hat gesagt, er sei nie recht populär geworden; wann war das wahrhaft Große populär? Man hat ihm Stolz vorgeworfen, – weil er nicht jeden Dichterling und Afterphilosophen, der nach Weimar kam, als Bruder begrüßte und umarmte. Man hat ihn endlich als Dichter, zu seinem Nachteile, mit Schiller verglichen. Abgesehen davon, daß niemand in der Welt Goethes Größe tiefer erkannte und inniger empfand als Schiller, der erst durch ihn über sich selbst aufgeklärt wurde, wird, was wir über Goethe als Schriftsteller zu sagen haben, auch uns hierüber aufklären.

Seine Werke, die ganz Europa, ja die gebildete Welt kennt, zu analysieren, ist hier der Ort nicht. Aber folgendes wird genügen. Man beurteilt Goethe sehr einseitig, ja völlig irrig, wenn man ihn bloß als Dichter auffaßt. Die Poesie war nur ein Teil seines Wesens und seiner Bestrebungen. Diese gehörten der Welt, dem Leben, der Wissenschaft im Großen, im Ganzen, an. Sein Leben bezeichnet den Bildungsgang einer ganzen Zeit, und seine Werke müssen nicht, wie die anderer Dichter, bloß an sich, sondern als Fragmente seiner Biographie, die sie, zusammengenommen, darstellen, betrachtet werden. Sie drücken Bildungsstufen aus. Darum ist schon an den poetischen die Vielseitigkeit, die nicht ihresgleichen in der Welt der Dichtkunst hat, das Hervorspringendste. Die Gedichte, welche, vom erhabensten Schwunge bis zum tändelndsten Scherze, alle Gefühle der

Menschenbrust anklingen, der naturempfundene *Werther*, der lebensvolle *Wilhelm Meister*, die tiefsittlichen *Wahlverwandtschaften*, die philosophischen *Wanderjahre*, die reizenden kleinen Erzählungen, der treuherzige *Berlichingen*, der groß und tragisch gedachte *Egmont*, der dem Leben nachgemalte *Clavigo*, die reine hohe *Iphigenie*, der gehaltvolle *Tasso*, der gigantische *Faust*, die feine Eugenie, die psychologischen Lustspiele, die leichten Operetten, die innigen *Geschwister*, die hochpoetische *Pandora*, die homerische *Achilleis*, der deutschgemütliche *Hermann*, der satirische *Reineke*, der behagliche *Divan* – sind Gebilde einer Hand! derselben, die in den *Propyläen* der bildenden Kunst einen Tempel gebaut – derselben, welche Winckelmanns und Hackerts Leben gezeichnet, Cellini, Diderot und Voltaire den Deutschen nähergerückt, eine *Farbenlehre* entworfen, die *Morphologie* der Pflanzen und Tiere ausgebildet, die Gestalten der Wolken festgehalten, die der Gebirge belebt – welche den Osten nach dem Westen gezaubert, das Altertum lebendig mit der jüngsten Gegenwart vermählt hat. In allen diesen Regionen drang der gewaltige Geist bis in die innerste Tiefe, und es bezeichnet ihn, daß er überall, mit dem Gegenstande selbst gleichsam eins und verwachsen, das Lösungswort des Rätsels aussprach. *Das* war Goethe, – und die Zeit ist ihm so wenig vorangeeilt, daß vielmehr noch viele Zeiten verrinnen werden ins Meer der Ewigkeit, ehe die Zeit reif genug sein wird, ihn völlig zu begreifen.

Ernst Freiherr von Feuchtersleben

Von der Höflichkeit des Herzens

Über Sammlungen von Aphorismen

Das ist das Lehrreiche von sittlichen Mitteilungen, daß der Mensch erfahre, wie es anderen ergangen und was auch er vom Leben zu erwarten habe, und daß er, es mag sich ereignen, was will, bedenke, dieses widerfahre ihm als Menschen und nicht als einem besonders Glücklichen oder Unglücklichen. Nützt ein solches Wissen nicht viel, um die Übel zu vermeiden, so ist es doch sehr dienlich, daß wir uns in die Zustände finden, sie ertragen, ja sie überwinden lernen.

Einen guten Gedanken, den wir gelesen, etwas Auffallendes, das wir gehört, tragen wir wohl in unser Tagebuch. Nähmen wir uns aber zugleich die Mühe, aus den Briefen unserer Freunde eigentümliche Bemerkungen, originelle Ansichten, flüchtige geistreiche Worte aufzuzeichnen, so würden wir sehr reich werden. Briefe hebt man auf, um sie nie wieder zu lesen; man zerstört sie zuletzt einmal aus Diskretion, und so verschwindet der schönste unmittelbarste Lebenshauch unwiederbringlich für uns und andere.

Wer bescheidet sich nicht gern, daß reine Bemerkungen seltner sind, als man glaubt? Wir mischen so schnell unsere Empfindungen, unsere Meinung, unser Urteil mit dem, was wir erfahren, daß wir in dem ruhigen Zustande des Beobachters nicht lange verharren, sondern bald Betrachtungen anstellen, auf die wir kein größeres Gewicht legen dürfen, als insofern wir uns auf die Natur und Ausbildung unseres Geistes einigermaßen verlassen möchten.

Die Wahlsprüche deuten auf das, was man nicht hat, wonach man strebt. Man stellt sich solches wie billig immer vor Augen.

Madame Roland, auf dem Blutgerüste, verlangte Schreibzeug, um die ganz besonderen Gedanken aufzuschreiben, die ihr auf dem letzten Wege vorgeschwebt. Schade, daß man ihr's versagte; denn am Ende des Lebens gehen dem gefaßten Geiste Gedanken auf, bisher undenkbare; sie sind wie selige Dämonen, die sich auf den Gipfeln der Vergangenheit glänzend niederlassen.

Welt

Die Welt ist nur ein einfach Rad, in dem ganzen Umkreise sich gleich und gleich, das uns aber so wunderlich vorkommt, weil wir selbst mit herumgetrieben werden.

Mißgunst und Haß beschränken den Beobachter auf die Oberfläche, selbst wenn Scharfsinn sich zu ihnen gesellt; verschwistert sich dieser hingegen mit Wohlwollen und Liebe, so durchdringt er die Welt und den Menschen, ja er kann hoffen, zum Allerhöchsten zu gelangen.

Die Welt ist eine Glocke, die einen Riß hat, sie klappert, aber sie klingt nicht.

Wie in Rom außer den Römern noch ein Volk von Statuen war, so ist außer dieser realen Welt noch eine Welt des Wahns, viel mächtiger beinahe, in der die meisten leben.

In der Welt ist im Grunde des Guten so viel als des Bösen; weil aber niemand leicht was Gutes erdenkt, dagegen jedermann sich einen großen Spaß macht, was Böses zu erfinden und zu glauben, so gibt's der favorablen Neuigkeiten so viel.

Man verdient wenig Dank von den Menschen, wenn man ihr inneres Bedürfnis erhöhen, ihnen eine große Idee von ihnen selbst geben, ihnen das Herrliche eines wahren, edlen Daseins zum Gefühl bringen will. Aber wenn man die Vögel belügt, Märchen erzählt, von Tag zu Tag ihnen forthelfend, sie verschlechtert, da ist man ihr Mann, und darum gefällt sich die neuere Zeit in so viel Abgeschmacktem.

In der Welt ist es sehr selten mit dem *Entweder-Oder* getan; die Empfindungen und

Handlungsweisen schattieren sich so mannigfaltig, als Abfälle zwischen einer Habichts- und Stumpfnase sind.

Es ist gut, daß der Mensch, der erst in die Welt tritt, viel von sich halte, daß er sich viele Vorzüge zu erwerben denke, daß er alles möglich zu machen suche; aber wenn seine Bildung auf einem gewissen Grade steht, dann ist es vorteilhaft, wenn er sich in einer größeren Masse verlieren lernt, wenn er lernt, um anderer willen zu leben und seiner selbst in einer pflichtmäßigen Tätigkeit zu vergessen. Da lernt er erst sich selbst kennen, denn das Handeln eigentlich vergleicht uns mit andern.

Man kann die Erfahrung nicht früh genug machen, wie entbehrlich man in der Welt ist. Welche wichtige Personen glauben wir zu sein! Wir denken allein den Kreis zu beleben, in welchem wir wirken; in unserer Abwesenheit muß, bilden wir uns ein, Leben, Nahrung und Atem stocken; und die Lücke, die entsteht, wird kaum bemerkt, sie füllt sich so geschwind wieder aus, ja sie wird oft nur der Platz, wo nicht für etwas Besseres, doch für etwas Angenehmeres.

Was das für Menschen sind, deren ganze Seele auf dem Zeremoniell ruht, deren Dichten und Trachten jahrelang dahin geht, wie sie um einen Stuhl weiter hinauf bei Tisch sich einschieben wollen! Und nicht, daß sie sonst keine Angelegenheiten hätten: nein, vielmehr häufen sich die Arbeiten, eben weil man über den kleinen Verdrießlichkeiten von Beförderung der wichtigen Sachen abgehalten wird.

Mit einem klaren Geiste wird man leicht bekannt, und mit dem Weltmanne findet ihr's leicht bequem, weil er durchaus offen erscheint, ohne eben gerade aufrichtig zu sein.

Es ist besser, das geringste Ding von der Welt zu tun, als eine halbe Stunde für gering halten.

Mut und Bescheidenheit sind die unzweideutigsten Tugenden; denn sie sind von der Art, daß Heuchelei sie nicht nachahmen kann; auch haben sie die Eigenschaft gemein, sich beide durch dieselbe Farbe auszudrücken.

Uns selbst zu achten leitet unsere Sittlichkeit, andere zu schätzen regiert unser Betragen.

Leben

Wenn ihr das Leben gar zu ernsthaft nehmt, was ist denn dran? Wenn uns der Morgen nicht zu neuen Freuden weckt, am Abend uns keine Lust zu hoffen übrig bleibt; ist's wohl des An- und Ausziehens wert? Scheint mir die Sonne heute, um das zu überlegen, was gestern war? und um zu raten, zu verbinden, was nicht zu erraten, nicht zu verbinden ist, das Schicksal eines kommenden Tages?

Alles Behagen am Leben ist auf eine regelmäßige Wiederkehr der äußeren Dinge gegründet. Der Wechsel von Tag und Nacht, der Jahreszeiten, der Blüten und Früchte und was uns sonst von Epoche zu Epoche entgegentritt, damit wir es genießen können und sollen, diese sind die eigentlichen

Triebfedern des irdischen Lebens. Je offener wir für diese Genüsse sind, desto glücklicher fühlen wir uns; wälzt sich aber die Verschiedenheit dieser Erscheinungen vor uns auf und nieder, ohne daß wir daran teilnehmen, sind wir gegen so holde Anerbietungen unempfänglich, dann tritt das größte Übel, die schwerste Krankheit ein, man betrachtet das Leben als eine ekelhafte Last. Von einem Engländer wird erzählt, er habe sich aufgehängt, um nicht mehr täglich sich aus- und anzuziehen. Ich kannte einen wackeren Gärtner, den Aufseher einer großen Parkanlage, der einmal mit Verdruß ausrief: Soll ich denn immer diese Regenwolken von Abend gegen Morgen ziehen sehen. Man erzählt von einem unserer trefflichsten Männer, er habe mit Verdruß das Frühjahr wieder aufgrünen gesehen und gewünscht, es möchte zur Abwechslung einmal rot erscheinen. Dieses sind eigentlich die Symptome des Lebensüberdrusses, der nicht selten in den Selbstmord ausläuft und bei denkenden, in sich gekehrten Menschen häufiger ist, als man glauben kann.

Oh, es ist mit der Ferne wie mit der Zukunft! Ein großes dämmerndes Ganzes ruht vor unserer Seele, unsere Empfindung verschwimmt darin wie unser Auge, und wir sehnen uns, ach! unser ganzes Wesen hinzugeben, uns mit aller Wonne eines einzigen, großen, herrlichen Gefühls ausfüllen zu lassen. – Und, ach! wenn wir hinzueilen, wenn das Dort nun Hier wird, ist alles vor wie nach, und wir stehen in unserer Armut, in unserer Eingeschränktheit, und unsere Seele lechzt nach entschlüpftem Labsale.

So sehnt sich der unruhigste Vagabund zuletzt wieder nach seinem Vaterlande und findet in seiner Hütte, an der Brust seiner Gattin, in dem Kreise seiner Kinder, in den Geschäften zu ihrer Erhaltung die Wonne, die er in der weiten Welt vergebens suchte.

Trenne alles, was eigentlich Geschäft ist, vom Leben. Das Geschäft verlangt Ernst und Strenge, das Leben Willkür; das Geschäft die reinste Folge, dem Leben tut eine Inkonsequenz oft not, ja sie ist liebenswürdig und erheiternd. Bist du bei dem einen sicher, so kannst du bei dem andern desto freier sein; anstatt daß bei einer Vermischung das Sichere durch das Freie weggerissen und aufgehoben wird.

Seelenleiden, in die wir durch Unglück oder eigene Fehler geraten, sie zu heilen, vermag der Verstand nichts, die Vernunft wenig, die Zeit viel, entschlossene Tätigkeit hingegen alles.

Erscheinen uns denn eben die schönsten Farben des Lebens nur auf dunklem Grunde? Und müssen Tropfen fallen, wenn wir entzückt werden sollen? Ein heiterer Tag ist wie ein grauer, wenn wir ihn ungerührt ansehen, und was kann uns rühren als die stille Hoffnung, daß die angeborene Neigung unseres Herzens nicht ohne Gegenstand bleiben werde? Uns rührt die Erzählung jeder guten Tat, uns rührt das Anschauen jedes harmonischen Gegenstandes; wir fühlen dabei, daß wir nicht ganz in der Fremde sind, wir wähnen einer Heimat näher zu sein, nach der unser Bestes, Innerstes ungeduldig hinstrebt.

Ein Faktum unseres Lebens gilt nicht, insofern es wahr ist, sondern insofern es etwas zu bedeuten hatte.

Wenn die Natur gewöhnlichen Menschen die köstliche Mitgift nicht versagt, ich meine jenen lebhaften Trieb, von Kindheit an die äußere Welt mit Lust zu ergreifen, sie kennenzulernen, sich mit ihr in Verhältnis zu setzen, mit ihr verbunden ein Ganzes zu bilden, so haben vorzügliche Geister öfters die Eigenheit, eine Art von Scheu vor dem wirklichen Leben zu empfinden, sich in sich selbst zurückzuziehen, in sich selbst eine eigene Welt zu erschaffen und auf diese Weise das Vortrefflichste nach innen bezüglich zu leisten. Findet sich hingegen in besonders begabten Menschen jenes gemeinsame Bedürfnis, eifrig zu allem, was die Natur in sie gelegt hat, auch in der äußeren Welt die antwortenden Gegenbilder zu suchen und dadurch das Innere völlig zum Ganzen und Gewissen zu steigern; so kann man versichert sein, daß auch so ein für Welt und Nachwelt erfreuliches Dasein sich ausbilden werde.

Es darf uns nicht niederschlagen, wenn sich uns die Bemerkung aufdringt, das Große sei vergänglich; vielmehr wenn wir finden, das Vergangene sei groß gewesen, muß es uns aufmuntern, selbst etwas von Bedeutung zu leisten, das fortan unsere Nachfolger, und wär es auch schon in Trümmer zerfallen, zu edler Tätigkeit aufrege, woran es unsere Vorvorderen niemals haben ermangeln lassen.

Wieviel Jahre muß der Hirsch im Walde, der Fisch im Fluß oder Meere zubringen, bis er unsere Tafel zu besetzen würdig ist, und was hat die Hausfrau, die Köchin nicht alles in der Küche zu tun! Mit welcher Nachlässigkeit schlürft man die Sorge des entferntesten Winzers, des Schiffers, des Kellermeisters beim Nachtische hinunter, als müsse es so sein. Und sollten deswegen alle diese Menschen nicht arbeiten, nicht schaffen und bereiten, sollte der Hausherr das alles nicht sorgfältig zusammenbringen und zusammenhalten, weil am Ende der Genuß nur vorübergehend ist? Aber kein Genuß ist vorübergehend, denn der Eindruck, den er zurückläßt, ist bleibend, und was man mit Fleiß und Anstrengung tut, teilt dem Zuschauer selbst eine verborgene Kraft mit, von der man nicht wissen kann, wie weit sie wirkt.

Auch die Sorge ist eine Klugheit, wiewohl nur eine passive.

Der Aberglaube, so wie manches andere Wähnen, verliert sehr leicht an seiner Gewalt, wenn er, statt unserer Eitelkeit zu schmeicheln, ihr in den Weg tritt und diesem zarten Wesen eine böse Stunde machen will; wir sehen alsdann recht gut, daß wir ihn loswerden können, sobald wir wollen; wir entsagen ihm um so leichter, je mehr alles, was wir ihm entziehen, zu unserem Vorteil gereicht.

Ordnung und Klarheit vermehrt die Lust zu sparen und zu erwerben. Ein Mensch, der übel haushält, befindet sich in der Dunkelheit sehr wohl; er mag die Posten nicht gerne zusammenrechnen, die er schuldig ist. Dagegen kann einem guten Wirte nichts angenehmer sein, als sich alle Tage die Summe seines wachsenden Glückes zu ziehen. Selbst ein Unfall, wenn er ihn verdrießlich überrascht, erschreckt ihn nicht, denn er weiß sogleich, was für erworbene Vorteile er auf die andere Waagschale zu legen hat.

Klarheit nötigt zur Einsicht, Einsicht erschafft Duldung, Duldung ist die einzige Vermittlerin eines in allen Kräften und Anlagen tätigen Friedens.

Wir spielen mit Voraussagungen, Ahnungen und Träumen und machen dadurch das alltägliche Leben bedeutend.

Aber wenn das Leben nun selbst bedeutend wird, wenn alles um uns sich bewegt und braust, dann wird das Gewitter durch jene Gespenster nur noch fürchterlicher.

Der Aberglaube ist die Poesie des Lebens, beide erfinden eingebildete Wesen, und zwischen dem Wirklichen, Handgreiflichen ahnen sie die seltsamsten Beziehungen; Sympathie und Antipathie walten hin und her.

Ein Zustand, der alle Tage neuen Verdruß zuzieht, ist nicht der rechte.

Alles, was wir treiben und tun, ist ein Abmühen; wohl dem, der nicht müde wird.

Menschen

Was ist der Mensch, der gepriesene Halbgott! Ermangeln ihm nicht eben da die Kräfte, wo er sie am nötigsten braucht? Und wenn er in Freude sich aufschwingt oder im Leiden versinkt, wird er nicht in beidem eben da aufgehalten, eben da zu dem stumpfen, kalten Bewußtsein wieder zurückgebracht, da er sich in der Fülle des Unendlichen zu verlieren sehnte?

Was der Mensch an sich bemerkt und fühlt, scheint mir der geringste Teil seines Daseins. Es fällt ihm mehr auf, was ihm fehlt, als was er hat, – was ihn ängstet, als was ihn ergötzt und erheitert; denn in allen angenehmen und guten Zuständen verliert die Seele das Bewußtsein ihrer selbst, wie der Körper auch.

Der Mensch ist dem Menschen das Interessanteste und sollte ihn vielleicht ganz allein interessieren. Alles andere, was uns umgibt, ist entweder nur Element, in dem wir leben, oder Werkzeug, dessen wir uns bedienen. Je mehr wir uns dabei aufhalten, je mehr wir darauf merken und teil daran nehmen, desto schwächer wird das Gefühl unseres eigenen Wertes und das Gefühl der Gesellschaft. Die Menschen, die einen großen Wert auf Gärten, Gebäude, Kleider, Schmuck oder irgendein Besitztum legen, sind weniger gesellig und gefällig; sie verlieren die Menschen aus den Augen, welche zu erfreuen und zu versammeln nur sehr wenigen glückt. Sehen wir es nicht auch auf dem Theater? Ein guter Schauspieler macht uns bald eine elende Dekoration vergessen, da hingegen das schönste Theater den Mangel an guten Schauspielern erst recht fühlbar macht.

Niemandem kann seine eigene Gestalt zuwider sein; der Häßlichste wie der Schönste hat das Recht, sich seiner Gegenwart zu freuen; und da das Wohlwollen verschönt und sich jedermann mit Wohlwollen im Spiegel besieht, so kann man behaupten, daß jeder sich auch mit Wohlwollen erblicken müsse, selbst wenn er sich dagegen sträuben wollte.

Sich mitzuteilen ist Natur; Mitgeteiltes aufzunehmen, wie es gegeben wird, ist Bildung.

Begegnet uns jemand, der uns Dank schuldig ist, gleich fällt es uns ein. Wie oft können wir jemand begegnen, dem wir Dank schuldig sind, ohne daran zu denken.

Niemand würde in Gesellschaften sprechen, wenn er sich bewußt wäre, wie oft er die andern mißversteht.

Man verändert fremde Reden beim Wiederholen wohl nur darum so sehr, weil man sie nicht verstanden hat.

Der sinnliche Mensch lacht oft, wo nichts zu lachen ist. Was ihn auch anregt, sein inneres Behagen kommt zum Vorschein.

Man läßt sich seine Mängel vorhalten, man läßt sich strafen, man leidet manches um ihretwillen mit Geduld, aber ungeduldig wird man, wenn man sie ablegen soll.

Gewisse Mängel sind notwendig zum Dasein des Einzelnen. Es würde uns unangenehm sein, wenn alte Freunde gewisse Eigenheiten ablegten.

Man sagt: er stirbt bald, wenn einer etwas gegen seine Art und Weise tut.

Ich finde es beinahe natürlich, daß wir an Besuchenden mancherlei auszusetzen haben; daß wir sogleich, wenn sie weg sind, über sie nicht zum liebevollsten urteilen: denn wir haben, sozusagen, ein Recht, sie nach unserem Maßstabe zu messen. Selbst verständige und billige Menschen enthalten sich in solchen Fällen kaum einer scharfen Zensur.

Was für Mängel dürfen wir behalten, ja an uns kultivieren? Solche, die den andern eher schmeicheln als verletzen.

Die Leidenschaft erhöht und mildert sich durchs Bekennen. In nichts wäre die Mittelstraße vielleicht wünschenswerter als im Vertrauen und Verschweigen gegen die, die wir lieben.

Unsere Leidenschaften sind wahre Phönixe. Wie der alte verbrennt, steigt der neue sogleich wieder aus der Asche hervor.

Große Leidenschaften sind Krankheiten ohne Hoffnung. Was sie heilen könnte, macht sie erst recht gefährlich.

Die Leidenschaften sind Mängel oder Tugenden, nur gesteigerte.

Für alle Vögel gibt es Lockspeisen, und jeder Mensch wird auf seine eigene Art geleitet und verleitet.

Der Mensch mag sich wenden, wohin er will, mag unternehmen, was es auch sei, stets wird er auf jenen Weg wieder zurückkehren, den ihm die Natur einmal vorgezeichnet hat.

Man nimmt in der Welt jeden, wofür er sich gibt; aber er muß sich auch für etwas geben. Man erträgt die Unbequemen lieber, als man die Unbedeutenden duldet.

Wir lernen die Menschen nicht kennen, wenn sie zu uns kommen; wir müssen zu ihnen gehen, um zu erfahren, wie es mit ihnen steht.

Wenn man dagegen bei andern gewesen ist und hat sie mit ihren Umgebungen, Gewohnheiten, in ihren notwendigen unausweichlichen Zuständen gesehen, wie sie um sich wirken oder wie sie sich fügen, so gehört schon Unverstand und böser Wille dazu, um das lächerlich zu finden, was uns in mehr als einem Sinne ehrwürdig scheinen müßte.

Durch das, was wir Betragen und gute Sitten nennen, soll das erreicht werden, was außerdem nur durch Gewalt oder auch nicht einmal durch Gewalt zu erreichen ist.

Die größten Vorteile im Leben überhaupt, wie in der Gesellschaft, hat ein gebildeter Soldat. Rohe Kriegsleute gehen wenigstens nicht aus ihrem Charakter, und weil doch meist hinter der Stärke eine Gutmütigkeit verborgen liegt, so ist im Nofalle auch mit ihnen auszukommen.

Niemand ist lästiger als ein täppischer Mensch vom Zivilstande. Von ihm könnte man die Feinheit fordern, da er sich mit nichts Rohem zu beschäftigen hat.

Es gibt kein äußeres Zeichen der Höflichkeit, das nicht einen tiefen sittlichen Grund hätte. Die rechte Erziehung wäre, welche diese Zeichen und den Grund zugleich überlieferte.

Das Betragen ist ein Spiegel, in welchem jeder sein Bild zeigt.

Es gibt eine Höflichkeit des Herzens; sie ist der Liebe verwandt. Aus ihr entspringt die bequemste Höflichkeit des äußern Betragens.

Freiwillige Abhängigkeit ist der schönste Zustand, und wie wäre der möglich ohne Liebe?

Wir sind nie entfernter von unseren Wünschen, als wenn wir uns einbilden, das Gewünschte zu besitzen.

Gegen große Vorzüge eines andern gibt es kein Rettungsmittel als die Liebe.

Es ist was Schreckliches um einen vorzüglichen Mann, auf den sich die Dummen was zugute tun.

Es gibt, sagt man, für den Kammerdiener keinen Helden. Das aber bloß daher, weil der Held nur vom Helden anerkannt werden kann. Der Kammerdiener wird aber wahrscheinlich seinesgleichen zu schätzen wissen.

Es gibt keinen größeren Trost für die Mittelmäßigkeit, als daß das Genie nicht unsterblich sei.

Man weicht der Welt nicht sicherer aus als durch die Kunst, und man verknüpft sich nicht sicherer mit ihr als durch die Kunst.

Man hält die Menschen gewöhnlich für gefährlicher, als sie sind. Toren und gescheite Leute sind gleich unschädlich. Nur die Halbnarren und Halbweisen, das sind die gefährlichsten.

Selbst im Augenblicke des höchsten Glücks und der höchsten Not bedürfen wir des Künstlers.

Die Kunst beschäftigt sich mit dem Schweren und Guten.

Das Schwierige leicht behandelt zu sehen gibt uns das Anschauen des Unmöglichen.

Die Schwierigkeiten wachsen, je näher man dem Ziele kommt.

Säen ist nicht so beschwerlich als ernten.

Setzten wir uns an die Stelle anderer Personen, so würden Eifersucht und Haß wegfallen, die wir so oft gegen sie empfinden; und setzten wir andere an unsere Stelle, so würde Stolz und Einbildung gar sehr abnehmen.

Nachdenken und Handeln verglich einer mit Rahel und Lea; die eine war anmutiger, die andere fruchtbarer.

Dank und Undank gehören zu den in der moralischen Welt jeden Augenblick hervortretenden Ereignissen, worüber die Menschen sich untereinander niemals beruhigen können. Ich pflege einen Unterschied zu machen zwischen Nichtdankbarkeit, Undank und Widerwillen gegen Dank. Jene erste ist dem Menschen angeboren, ja anerschaffen; denn sie entspringt aus einer glücklichen leichtsinnigen Vergessenheit des Widerwärtigen wie des Erfreulichen, wodurch ganz allein die Fortsetzung des Lebens möglich wird. Der Mensch bedarf so unendlich vieler äußerer Vor- und Mitwirkungen zu einem leidlichen Dasein, daß, wenn er der Sonne und der Erde, Gott und der Natur, Vorvordern und Eltern, Freunden und Gesellen immer den gebührenden Dank abtragen wollte, ihm weder Zeit noch Gefühl übrig bliebe, um neue Wohltaten zu empfangen und zu genießen.

Läßt nun freilich der natürliche Mensch jenen Leichtsinn in und über sich walten, so nimmt eine kalte Gleichgültigkeit immer mehr überhand, und man sieht den Wohltäter zuletzt als einen Fremden an, zu dessen Schaden man allenfalls, wenn es nützlich wäre, auch etwas unternehmen dürfte. Dies allein kann eigentlich Undank genannt werden, der aus der Roheit entspringt, worin die ungebildete Natur sich am Ende notwendig verlieren muß. Widerwille gegen das Danken jedoch, Erwiderung einer Wohltat durch unmutiges verdrießliches Wesen ist sehr selten und kommt nur bei vorzüglichen Menschen vor; solchen, die mit großen Anlagen und dem Vorgefühl derselben in einem niedern Stande oder in einer hilflosen Lage geboren, sich von Jugend auf Schritt vor Schritt durchdrängen und von allen Orten her Hilfe und Beistand annehmen müssen, die ihnen dann manchmal durch Plumpheit der Wohltäter vergällt und widerwärtig werden, indem das, was sie empfangen, irdisch, und das, was sie dagegen leisten, höherer Art ist, so daß eine eigentliche Kompensation nicht gedacht werden kann.

Sogar der Besonnenste ist im täglichen Weltleben genötigt, klug für den Augenblick zu sein, und gelangt deswegen im allgemeinen zu keiner Klarheit. Selten weiß er sicher, wohin er sich in der Folge wenden und was er eigentlich zu tun und zu lassen habe.

Glücklicherweise sind alle diese und noch hundert andere wundersame Fragen durch euren unaufhaltsam tätigen Lebensgang beantwortet. Fahrt fort in unmittelbarer Beachtung der Pflicht des Tages und prüft dabei die Reinheit eures Herzens und die Sicherheit eures Geistes. Wenn ihr sodann in freier Stunde aufatmet und euch zu erheben Raum findet, so gewinnt ihr euch gewiß eine richtige Stellung gegen das Erhabene, dem wir uns auf jede Weise verehrend hinzugeben, jedes Ereignis mit Ehrfurcht zu betrachten und eine höhere Leistung darin zu erkennen haben.

Nicht insofern der Mensch etwas zurückläßt, sondern insofern er wirkt und genießt und andere zu wirken und zu genießen anregt, bleibt er von Bedeutung.

Wer sich dem Notwendigsten widmet, geht überall am sichersten zum Ziel; andere hingegen, das Höhere, Zartere suchend, haben schon in der Wahl des Weges vorsichtiger zu sein. Doch was der Mensch auch ergreife und handhabe, der Einzelne ist sich nicht hinreichend. Gesellschaft bleibt eines wackeren Mannes höchstes Bedürfnis. Alle brauchbaren Menschen sollen in Bezug untereinander stehen, wie sich der Bauherr nach dem Architekten und dieser nach Maurer und Zimmermann umsieht.

Wie sollten die Menschen unsere Handlungen beurteilen, die ihnen nur einzeln und abgerissen erscheinen, wovon sie das wenigste sehen, weil Gutes und Böses im Verborgenen geschieht und eine gleichgültige Erscheinung meistens nur an den Tag kommt. Bringt man ihnen doch Schauspieler und Schauspielerinnen auf erhöhte Bretter, zündet von allen Seiten Licht an, das ganze Werk ist in wenig Stunden abgeschlossen und doch weiß selten jemand eigentlich, was er daraus machen soll.

Daß die Kinder nicht wissen, warum sie wollen, darin sind alle hochgelehrten Schul- und Hofmeister einig; daß aber auch Erwachsene gleich Kindern auf diesem Erdboden herumtaumeln und wie jene nicht wissen, woher sie kommen und wohin sie gehen, ebensowenig nach wahren Zwecken handeln, ebenso durch Biskuit und Kuchen und Birkenreiser regiert werden, das will niemand gerne glauben, und mich dünkt, man kann es mit Händen greifen.

Es gibt unter den Menschen gar vielerlei Widerstreit, welcher aus den verschiedenen, einander entgegengesetzten, nicht auszugleichenden Denk- und Sinnesweisen sich immer aufs neue entwickelt. Wenn eine Seite nun besonders hervortritt, sich der Menge bemächtigt und in dem Grade triumphiert, daß die entgegengesetzte sich in die Enge zurückziehen und für den Augenblick im stillen verbergen muß, so nennt man jenes Übergewicht den Zeitgeist, der denn auch eine Zeitlang sein Wesen treibt.

In den früheren Jahrhunderten läßt sich bemerken, daß eine solche besondere Weltansicht und ihre praktischen Folgen sich sehr lange, auch ganze Völker und vieljährige Sitten zu bestimmen und zu bestätigen wußte, neuerlich aber ergibt sich eine größere Versatilität dieser Erscheinung, und es wird nach und nach möglich, daß zwei Gegensätze zu gleicher Zeit hervortreten und sich einander das Gleichgewicht halten können, und wir halten dies für die wünschenswerteste Erscheinung.

Es ist nicht gut, kaum geknüpfte Verhältnisse zu zerreißen. Alles im Leben, wenn es gedeihen soll, muß eine Folge haben.

Immer zu mißtrauen ist ein Irrtum, wie immer zu trauen.

Jedem ist und bleibt *das* wahr, was ihm fruchtbar ist... Wer bei seiner Meinung beharrt, zeigt uns nur, daß er sie nicht entbehren könne... Wer das versteht, wird nie kontrovertieren.

Ohne Ernst ist in der Welt nichts möglich, und unter denen, die wir gebildete Menschen nennen, ist eigentlich wenig Ernst zu finden; sie gehen, ich möchte sagen, gegen Arbeiten und Geschäfte, gegen Künste, ja gegen Vergnügungen nur mit einer Art von Selbstverteidigung zu Werke; man lebt, wie man ein Pack Zeitungen liest, nur damit man sie los werde, und es fällt mir dabei jener junge Engländer in Rom ein, der abends in einer Gesellschaft sehr zufrieden erzählt: daß er doch heute sechs Kirchen und zwei Galerien beiseite gebracht habe. Man will mancherlei wissen und kennen und gerade das, was einen am wenigsten angeht, und man bemerkt nicht, daß kein Hunger dadurch gestillt wird, wenn man nach der

Luft schnappt. Wenn ich einen Menschen kennenlerne, frage ich sogleich, womit beschäftigt er sich? und wie? und in welcher Folge? und mit der Beantwortung der Frage ist auch mein Interesse an ihm auf zeitlebens entschieden.

Das, was man gedacht, die Bilder, die man gesehen, lassen sich in dem Verstand und in der Einbildungskraft wieder hervorrufen; aber das Herz ist nicht so gefällig; es wiederholt uns nicht die schönen Gefühle, und am wenigsten sind wir vermögend, uns enthusiastische Momente wieder zu vergegenwärtigen; man wird unvorbereitet davon überfallen und überläßt sich ihnen unbewußt. Andere, die uns in solchen Augenblicken beobachten, haben deshalb davon eine klarere und reinere Ansicht als wir selbst.

Von dem, der Rat verlangt, ist's Beschränktheit, von dem, der ihn gibt, Anmaßung.

Den Menschen ist nicht zu helfen, und sie hindern uns, daß man sich selbst hilft. Sind sie glücklich, so soll man sie in ihren Albernheiten gewähren lassen; sind sie unglücklich, so soll man sie retten, ohne diese Albernheiten anzutasten; und niemand fragt jemals, ob du glücklich oder unglücklich bist.

Der Eigenname eines Menschen ist nicht etwa wie ein Mantel, der bloß um ihn herhängt und an dem man allenfalls noch zupfen und zerren kann, sondern ein vollkommen passendes Kleid, ja wie die Haut selbst ihm über und über angewachsen, an der man nicht schaben und schinden darf, ohne ihn selbst zu verletzen.

Vielleicht hätte man viel mehr Dank und Vorteil vom Leben, wenn man sich wechselweise gerade herausspräche, was man voneinander erwartet. Ist das geleistet, so sind beide Teile zufrieden, und das Gemütliche, was das erste und letzte von allem ist, erscheint als reine Zugabe.

Man schont die Alten, wie man die Kinder schont.

Es gibt wenig Menschen, die sich mit dem Nächstvergangenen zu beschäftigen wissen. Entweder das Gegenwärtige hält uns mit Gewalt an sich, oder wir verlieren uns in die Vergangenheit und suchen das völlig Verlorene, wie es nur möglich sein will, wieder hervorzurufen und herzustellen.

Selbst in großen und reichen Familien, die ihren Vorfahren vieles schuldig sind, pflegt es so zu gehen, daß man des Großvaters mehr als des Vaters gedenkt.

Man darf nur alt werden, um milder zu sein; ich sehe keinen Fehler begehen, den ich nicht auch begangen hätte.

Welchen Weg mußte nicht die Menschheit machen, bis sie dahin gelangte, auch gegen Schuldige gelind, gegen Verbrecher schonend, gegen Unmenschliche menschlich zu sein! Gewiß waren es Männer göttlicher Natur, die dies zuerst lehrten, die ihr Leben damit zubrachten, die Ausübung möglich zu machen und zu beschleunigen. Des Schönen sind Menschen selten fähig, öfter des Guten; und wie hoch müssen wir daher diejenigen halten, die dieses mit großen Aufopferungen zu befördern suchen.

Bescheidenheit ist eigentlich eine gesellige Tugend, sie deutet auf große Ausbildung; sie ist eine Selbstverleugnung nach außen, welche auf einem großen inneren Werte ruhend als die höchste Eigenschaft des Menschen angesehen wird. Und so hören wir, daß die Menge immer zuerst an den vorzüglichsten Menschen die Bescheidenheit preist, ohne sich auf ihre übrigen Qualitäten sonderlich einzulassen. Bescheidenheit aber ist immer mit Verstellung verknüpft und eine Art Schmeichelei, die desto wirksamer ist, als sie ohne Zudringlichkeit dem andern wohltut, indem sie ihn in seinem behaglichen Selbstgefühle nicht irre macht. Alles aber, was man gute Gesellschaft nennt, besteht in einer immer wachsenden Verneinung seiner selbst, so daß die Sozietät zuletzt ganz Null wird; es müßte denn das Talent sich ausbilden, daß wir, indem wir unsere Eitelkeit befriedigen, der Eitelkeit des anderen zu schmeicheln wissen.

Wenn du es recht genau betrachtest, was ist denn das, was man oft als Eitelkeit verrufen möchte? Jeder Mensch soll Freude an sich selbst haben, und glücklich, wer sie hat. Hat er sie aber, wie kann er sich verwehren, dieses angenehme Gefühl merken zu lassen? Wie soll er mitten im Dasein verbergen, daß er eine Freude am Dasein habe? Fände die gute Gesellschaft, denn von der allein ist doch hier die Rede, nur alsdann diese Äußerungen tadelhaft, wenn sie zu lebhaft werden, wenn eines Menschen Freude an sich und seinem Wesen die andern hinderte, Freude an dem ihrigen zu haben und sie zu zeigen, so wäre nichts dabei zu erinnern, und von diesem Übermaß ist auch wohl der Tadel zuerst ausgegangen. Aber was soll eine wunderlich verneinende Strenge gegen etwas Unvermeidliches? Warum will man nicht eine Äußerung läßlich und erträglich finden, die man denn doch mehr oder weniger sich von Zeit zu Zeit selbst erlaubt? ja, ohne die eine gute Gesellschaft gar nicht existieren könnte; denn das Gefallen an sich selbst, das Verlangen, dieses Selbstgefühl andern mitzuteilen, macht gefällig, das Gefühl eigener Anmut macht anmutig. Wollte Gott! alle Menschen wären eitel, wären es aber mit Bewußtsein, mit Maß und im rechten Sinne; so würden wir in der gebildeten Welt die glücklichsten Menschen sein.

Erziehung

Erziehung heißt: die Jugend an die Bedingungen gewöhnen, zu den Bedingungen bilden, unter denen man in der Welt überhaupt, sodann aber in besondern Kreisen existieren kann.

Man legt es manchmal als eine Anlage zur Grausamkeit aus, daß Kinder solche Gegenstände, mit denen sie eine Zeitlang gespielt, die sie bald so, bald so gehandhabt, endlich zerstücken, zerreißen und zerfetzen. Doch pflegt sich auch die Neugierde, das Verlangen, zu erfahren, wie solche Dinge zusammenhängen, wie sie inwendig aussehen, auf diese Weise an den Tag zu legen. Ich erinnere mich, daß ich als Kind Blumen zerpflückt, um zu sehen, wie die Blätter in den Kelch, oder auch Vögel berupft, um zu beobachten, wie die Federn in die Flügel eingefügt waren. Ist doch Kindern dieses nicht zu verdenken, da ja selbst Naturforscher öfter durch Trennen und Sondern als durch Vereinigen und Verknüpfen, mehr durch Töten als durch Beleben sich zu unterhalten glauben.

Was bildet man nicht immer an unserer Jugend? Da sollen wir bald diese, bald jene Unart ablegen, und doch sind die Unarten meist ebensoviel Organe, die dem Menschen durch das Leben helfen. Was ist man nicht hinter dem Knaben her, dem man einen Funken Eitelkeit abmerkt! Was ist der Mensch für eine elende Kreatur, wenn er alle Eitelkeit abgelegt hat!

Niemand glaube die ersten Eindrücke der Jugend überwinden zu können. Ist er in einer löblichen Freiheit, umgeben von schönen und edlen Gegenständen, in dem Umgange mit guten Menschen aufgewachsen, haben ihn seine Meister das gelehrt, was er zuerst wissen mußte, um das übrige leichter zu begreifen, hat er gelernt, was er nie zu verlernen braucht, wurden seine ersten Handlungen so geleitet, daß er das Gute künftig leichter und bequemer vollbringen kann, ohne sich irgend etwas abgewöhnen zu müssen, so wird dieser Mensch ein reineres, vollkommeneres Leben führen als ein anderer, der seine ersten Jugendkräfte im Widerstand und im Irrtum zugesetzt hat. Es wird so viel von Erziehung gesprochen und geschrieben, und ich sehe nur wenig Menschen, die den einfachen Begriff, der alles andere in sich schließt, fassen und in die Ausführung übertragen können.

Wie nötig ist es, in der Erziehung die Einbildungskraft nicht zu beseitigen, sondern zu regeln, ihr durch zeitig vorgeführte edle Bilder Lust am Schönen, Bedürfnis des Vortrefflichen zu geben. Was hilft es, die Sinnlichkeit zu zähmen, den Verstand zu bilden, der Vernunft ihre Herrschaft zu sichern, die Einbildungskraft lauert als der mächtigste Feind, sie hat von Natur einen unwiderstehlichen Trieb zum Absurden, der selbst in gebildeten Menschen heftig wirkt und gegen alle Kultur die angestammte Roheit fratzenliebender Wilden mitten in der anständigen Welt wieder zum Vorschein bringt.

Wenn ältere Personen recht pädagogisch verfahren wollten, so sollten sie einem jungen Manne etwas, was ihm Freude macht, es sei von welcher Art es wolle, weder verbieten noch verleiden, wenn sie nicht zu gleicher Zeit ihm etwas anderes dafür einzusetzen hätten oder unterzuschieben wüßten.

Ein Lehrer, der das Gefühl an einer einzigen guten Tat, an einem einzigen guten Gedicht erwecken kann, leistet mehr als einer, der uns ganze Reihen untergeordneter Naturbildungen der Gestalt und dem Namen nach überliefert; denn das ganze Resultat davon ist, daß wir ohnedies wissen können, daß das Menschengebild am vorzüglichsten und einzigsten das Gleichnis der Gottheit an sich trägt. Dem einzelnen bleibe die Freiheit, sich mit dem zu beschäftigen, was ihn anzieht, was ihm Freude macht, was ihm nützlich deucht; aber das eigentliche Studium der Menschheit ist der Mensch.

Nur alle Menschen machen die Menschheit aus, nur alle Kräfte zusammengenommen die Welt. Diese sind unter sich oft im Widerstreit, und indem sie sich zu zerstören suchen, hält sie die Natur zusammen und bringt sie wieder hervor. Von dem geringsten tierischen Handwerkstriebe bis zur höchsten Ausübung der geistigen Kunst, vom Lallen und Jauchzen des Kindes bis zur trefflichen Äußerung des Redners und Sängers, vom ersten Balgen des Knaben bis zu den ungeheuren Anstalten, wodurch Länder erhalten und erobert werden, vom leichtesten Wohlwollen und der flüchtigsten Liebe bis zur heftigsten Leidenschaft und dem ernstesten Bunde, von dem reinsten Gefühl der sinnlichen Gegenwart bis zu den leisesten Ahnungen und Hoffnungen der entferntesten geistigen Zukunft, alles das und weit mehr liegt im Menschen und muß ausgebildet werden, aber nicht in einem, sondern in vielen. Jede Anlage ist wichtig, und sie muß entwickelt werden.

Wenn einer nur das Schöne, der andere nur das Nützliche befördert, so machen beide zusammen erst einen Menschen aus. Das Nützliche befördert sich selbst, denn die Menge bringt es hervor, und alle können's nicht entbehren; das Schöne muß befördert werden, denn wenige stellen's dar und viele bedürfen's.

Derjenige, an dem viel zu entwickeln ist, wird später über sich und die Welt aufgeklärt. Es sind nur wenige, die den Sinn haben und zugleich zur Tat fähig sind. Der Sinn erweitert, aber lähmt; die Tat belebt, aber beschränkt.

Man soll sich vor einem Talente hüten, das man in Vollkommenheit auszuüben nicht Hoffnung hat. Man mag es darin so weit bringen, als man will, so wird man doch immer zuletzt, wenn uns einmal das Verdienst des Meisters klar wird, den Verlust von Zeit und Kräften, die man auf eine solche Pfuscherei verwendet hat, schmerzlich bedauern.

Eine allgemeine Ausbildung dringt uns jetzt die Welt ohnehin auf; wir brauchen uns deshalb darum nicht weiter zu bemühen, das Besondere müssen wir uns zueignen.

Unsere Wünsche sind Vorgefühle der Fähigkeiten, die in uns liegen, Vorboten desjenigen, was wir zu leisten imstande sein werden. Was wir können und möchten, stellt sich unserer Einbildungskraft außer uns und in der Zukunft dar; wir fühlen eine Sehnsucht nach dem, was wir schon im stillen besitzen. So verwandelt ein leidenschaftliches Vorausgreifen das wahrhaft Mögliche in ein erträumtes Wirkliche. Liegt nun eine solche Richtung entschieden in unserer Natur, so wird mit jedem Schritt unserer Entwicklung ein Teil des ersten Wunsches erfüllt, bei günstigen Umständen auf dem geraden Weg, bei ungünstigen auf einem Umwege, von dem wir immer wieder nach jenem einlenken. So sieht man Menschen durch Beharrlichkeit zu irdischen Gütern gelangen, sie umgeben sich mit Reichtum, Glanz und äußerer Ehre. Andere streben noch sicherer nach geistigen Vorteilen, erwerben sich eine klare Übersicht der Dinge, eine Beruhigung des Gemüts und eine Sicherheit für die Gegenwart und Zukunft.

Nun gibt es aber eine dritte Richtung, die aus beiden gemischt ist und deren Erfolg am sichersten gelingen muß. Wenn nämlich die Tugend des Menschen in eine prägnante Zeit trifft, wo das Hervorbringen das Zerstören überwiegt, und in ihm das Vorgefühl bei Zeiten erwacht, was eine solche Epoche fordere und verspreche, so wird er durch äußere Anlässe zu tätiger Teilnahme gedrängt, bald da, bald dorthin greifen, und der Wunsch, nach vielen Seiten wirksam zu sein, wird in ihm lebendig werden. Nun gesellen sich aber zur menschlichen Beschränktheit noch so viele zufällige Hindernisse, daß hier ein Begonnenes liegen bleibt, dort ein Ergriffenes aus der Hand fällt und ein Wunsch nach dem andern sich vereitelt. Waren aber diese Wünsche aus einem reinen Herzen entsprungen, dem Bedürfnis der Zeit gemäß, so darf man ruhig rechts und links liegen und fallen lassen und kann versichert sein, daß nicht allein dieses wieder aufgefunden und aufgehoben werden muß, sondern daß auch noch gar manches Verwandte, das man nie berührt, ja woran man nie gedacht hat, zum Vorschein kommen werde. Sehen wir nun während unseres Lebensganges dasjenige von andern geleistet, wozu wir selbst früher einen Beruf fühlten, ihn aber mit manchen andern aufgeben mußten, dann tritt das schöne Gefühl ein, daß die Menschheit zusammen erst der wahre Mensch ist und daß der einzelne nur dann glücklich sein kann, wenn er den Mut hat, sich im Ganzen zu fühlen.

Liebe

Die Welt ist so leer, wenn man nur Berge, Flüsse und Städte darin denkt; aber hie und da jemand zu wissen, der mit uns übereinstimmt, mit dem wir auch stillschweigend fortleben, macht uns dieses Erdenrund erst zu einem bewohnten Garten.

Zwei liebende Herzen sind wie zwei Magnetuhren; was in der einen sich regt, muß auch die andere mitbewegen, denn es ist nur eins, was in beiden wirkt, eine Kraft, die sie durchgeht.

Alle Ganz- und Halbpoeten machen uns mit der Liebe dergestalt bekannt, daß sie müßte trivial geworden sein, wenn sie sich nicht naturgemäß in voller Kraft und vollem Glanz immer wieder erneute.

Alle Liebe bezieht sich auf Gegenwart; was mir in der Gegenwart angenehm ist, sich abwesend mir immer darstellt, den Wunsch des erneuerten Gegenwärtigseins immerfort erregt, bei Erfüllung dieses Wunsches von einem lebhaften Entzücken, bei Fortsetzung dieses Glücks von einer immer gleichen Anmut begleitet wird, das eigentlich lieben wir, und hieraus folgt, daß wir alles lieben können, was zu unserer Gegenwart gelangen kann; ja, um das Letzte auszusprechen: Die Liebe des Göttlichen strebt immer darnach, sich das Höchste zu vergegenwärtigen.

Ganz nahe daran steht die Neigung, aus der nicht selten Liebe sich entwickelt. Sie bezieht sich auf ein reines Verhältnis, das in allem der Liebe gleicht, nur nicht in der notwendigen Forderung einer fortgesetzten Gegenwart.

Diese Neigung kann nach vielen Seiten gerichtet sein, sich auf manche Personen und Gegenstände beziehen, und sie ist es eigentlich, die den Menschen, wenn er sie sich zu erhalten weiß, in einer schönen Folge glücklich macht. Es ist einer eigenen Betrachtung wert, daß die Gewohnheit sich vollkommen an die Stelle der Liebesleidenschaft setzen kann, sie fordert nicht sowohl eine anmutige als bequeme Gegenwart, alsdann aber ist sie unüberwindlich. Es gehört viel dazu, ein gewohntes Verhältnis aufzuheben, es besteht gegen alles Widerwärtige; Mißvergnügen, Unwillen, Zorn vermögen nichts gegen dasselbe, ja sie überdauert die Verachtung, den Haß.

Wahrhaft Liebende betrachten alles, was sie bisher empfunden, nur als Vorbereitung zu ihrem gegenwärtigen Glück, nur als Basis, worauf sich erst ihr Lebensgebäude erheben soll.

Vergangene Neigungen erscheinen wie Nachtgespenster, die sich vor dem anbrechenden Tage wegschleichen.

Freundschaft kann sich bloß praktisch erzeugen, praktisch Dauer gewinnen. Neigung, ja sogar Liebe, hilft alles nichts zur Freundschaft. Die wahre, die tätige, produktive besteht darin, daß wir gleichen Schritt im Leben halten, daß der Freund meine Zwecke billigt, ich die seinen, und daß wir so unverrückt zusammen fortgehen, wie auch sonst die Differenz unserer Denk- und Lebensweise sein möge.

Wie man aus Gewohnheit nach einer abgelaufenen Uhr hinsieht, als wenn sie noch ginge, so blickt man auch wohl einer Schönen ins Gesicht, als wenn sie noch liebte.

In jeder großen Trennung liegt ein Keim von Wahnsinn, man muß sich hüten, ihn nachdenklich auszubrüten und zu pflegen.

Die Ehe ist der Anfang und der Gipfel aller Kultur. Sie macht den Rohen mild, und der Gebildete hat keine bessere Gelegenheit, seine Milde zu beweisen. Unauflöslich muß sie sein: denn sie bringt so vieles Glück, das alles einzelne Unglück dagegen gar nicht zu rechnen ist. Und was will man von Unglück reden? Ungeduld ist es, die den Menschen von Zeit zu Zeit anfällt, und dann beliebt er sich unglücklich zu finden. Lasse man den Augenblick vorübergehen, und man wird sich glücklich preisen, daß ein so lange Bestandenes noch besteht. Sich zu trennen, gibt's gar keinen hinlänglichen Grund. Der menschliche Zustand ist so hoch in Leiden und Freuden gesetzt, daß gar nicht berechnet werden kann, was ein Paar Gatten einander schuldig werden. Es ist eine unendliche Schuld, die nur durch die Ewigkeit abgetragen werden kann. Unbequem mag es manchmal sein, das glaub' ich wohl, und das ist eben recht. Sind wir nicht auch mit dem Gewissen verheiratet, das wir oft gerne los sein möchten, weil es unbequemer ist, als uns je ein Mann oder eine Frau werden könnte.

Der sittliche Mensch erregt Neigung und Liebe nur insofern, als man Sehnsucht in ihm gewahr wird; sie drückt Besitz und Wunsch zugleich aus, den Besitz eines zärtlichen Herzens und den Wunsch, ein gleiches in andern zu finden; durch jenes ziehen wir an, durch dieses geben wir uns hin.

Man feiere nur, was glücklich vollendet ist; alle Zeremonien zum Anfange erschöpfen Lust und Kräfte, die das Streben hervorbringen und uns bei einer fortgesetzten Mühe beistehen sollen. Unter allen Festen ist das Hochzeitsfest das unschicklichste; keines sollte mehr in Stille, Demut und Hoffnung begangen werden als dieses.

Glück

Der allein ist glücklich und groß, der weder zu herrschen noch zu gehorchen braucht, um etwas zu sein!

Die Gegenwart des Elenden ist dem Glücklichen zur Last, und ach! der Glückliche dem Elenden noch mehr.

Wie man zu sagen pflegt, daß kein Unglück allein komme, so läßt sich auch wohl bemerken, daß es mit dem Glück ähnlicherweise beschaffen sei; ja auch mit andern Umständen, die sich auf eine harmonische Weise um uns versammeln; es sei nun, daß ein Schicksal dergleichen auf uns lege oder daß der Mensch die Kraft habe, das, was zusammengehört, an sich heranzuziehen.

Man pflegt das Glück wegen seiner großen Beweglichkeit kugelrund zu nennen, und zwar doppelt mit Recht; denn es gilt diese Vergleichung auch in einem anderen Sinne. Ruhig vor Augen stehend, zeigt die Kugel sich dem Betrachtenden als ein befriedigendes, vollkommenes, in sich abgeschlossenes Wesen; daher kann sie aber auch, so wie der Glückliche, unsere Aufmerksamkeit nicht lange fesseln. Alles Wohlbehagen, alle Zufriedenheit ist einfach, sie mögen, woher es auch sei, entspringen. Die Glücklichen überlassen wir sich selbst, und wenn am Ende des Schauspiels die Liebenden in Wonne vereinigt gesehen werden, gleich fällt der Vorhang, und der Zuschauer, der sich stundenlang durch so manche Verworrenheit, Verdrießlichkeit und Verlegenheit festhalten ließ, eilt ungesäumt nach Hause. In diesem Bezug vergleichen wir das Unglück mit einem Tausendeck, das den überall anstoßenden Blick verwirrt, wobei der zartere Sinn nirgends

Beruhigung findet. Denn wie auf der Kugel das Licht sanft zu verweilen angelockt wird, das Rund sich in milden Schatten und Widerscheinen uns offenbart, so sendet das Vieleck von jeder Seite andern Glanz, andere Verdüsterungen, andere Farben, andere Schatten und Widerscheine; das Auge, beunruhigt, verweilt darauf, begierig dasjenige in eins zu fassen, was sich selbst zerstreut, und es wird von einer Teilnahme beschäftigt, welche, wie durch ein unauflösbares Rätsel erhalten, schwankt.

Wie von unsichtbaren Geistern gepeitscht, gehen die Sonnenpferde der Zeit mit unsers Schicksals leichtem Wagen durch, und uns bleibt nichts, als mutig gefaßt, die Zügel festzuhalten und bald rechts, bald links vom Steine her, vom Sturze da die Räder wegzulenken. Wohin es geht, wer weiß es? Erinnert er sich doch kaum, woher er kam.

Manchmal sieht unser Schicksal aus wie ein Fruchtbaum im Winter. Wer sollte bei dem traurigen Ansehen desselben wohl denken, daß diese starren Äste, diese zakkigen Zweige im nächsten Frühjahr wieder grünen, blühen, sodann Früchte tragen könnten; doch wir hoffen's, wir wissen's.

Der Mensch kann in keine gefährlichere Lage versetzt werden, als wenn durch äußere Umstände eine große Veränderung seines Zustandes bewirkt wird, ohne daß seine Art zu empfinden und zu denken darauf vorbereitet ist. Es gibt alsdann eine Epoche ohne Epoche, und es entsteht nur ein desto größerer Widerspruch, je weniger der Mensch bemerkt, daß er zu dem neuen Zustande noch nicht ausgebildet sei.

Der Glückliche ist nicht geeignet, Glücklichen vorzustehen: es liegt in der menschlichen Natur, immer mehr von sich und von anderen zu fordern, je mehr man empfangen hat.

Nur der Unglückliche, der sich erholt, weiß für sich und andere das Gefühl zu nähren, daß auch ein mäßiges Gute mit Entzücken genossen werden soll.

Tiefe Wunden schlägt das Schicksal, aber oft heilbare. Wunden, die das Herz dem Herzen schlägt, das Herz sich selber, die sind unheilbar.

Unter allen Besitzungen auf Erden ist ein *eigen Herz* die kostbarste, und unter Tausenden haben sie kaum zwei.

Charakter

Nicht die Talente, nicht das Geschick zu diesem oder jenem machen eigentlich den *Mann der Tat,* die Persönlichkeit ist's, von der in solchen Fällen alles abhängt. Der Charakter ruht auf der Persönlichkeit, nicht auf den Talenten. Talente können sich zum Charakter gesellen, er gesellt sich nicht zu ihnen: denn ihm ist alles entbehrlich, außer er selbst.

Ich kann mich nur über *den* Menschen freuen, der weiß, was ihm und andern nütze ist, und seine Willkür zu beschränken arbeitet. Jeder hat sein eigen Glück unter den Händen, wie der Künstler eine rohe Materie, die er zu einer Gestalt umbilden will. Aber es ist mit dieser Kunst wie mit allen; nur die Fähigkeit dazu wird uns angeboren, sie will gelernt und sorgfältig ausgeübt sein.

Es ist nichts erbärmlicher in der Welt als ein unentschlossener Mensch, der zwischen zweien Empfindungen schwebt, gern beide vereinigen möchte und nicht begreift, daß nichts sie vereinigen kann als eben der Zweifel, die Unruhe, die ihn peinigen.

Jedes Wesen, das sich als Einheit fühlt, will sich in seinem eigenen Zustand ungetrennt und unverrückt erhalten. Dies ist eine ewige notwendige Gabe der Natur, und so kann man sagen, jedes einzelne habe Charakter, bis zum Wurm hinunter, der sich krümmt, wenn er getreten wird. In diesem Sinne dürfen wir dem Schwachen, ja dem Feigen selbst Charakter zuschreiben; denn er gibt auf, was andere Menschen über alles schätzen, was aber nicht zu seiner Natur gehört: die Ehre, den Ruhm, nur damit er seine Persönlichkeit erhalte. Doch bedient man sich des Wortes Charakter gewöhnlich in einem höheren Sinne, wenn nämlich eine Persönlichkeit von bedeutenden Eigenschaften auf ihre Weise verharrt und sich durch nichts davon abwendig machen läßt.

Ein zu zart Gewissen, das eigne Selbst überschätzend, macht hypochondrisch, wenn es nicht durch große Tätigkeit balanciert wird.

Des Menschen größtes Verdienst bleibt wohl, wenn er die Umstände so viel als möglich bestimmt und sich so wenig als möglich von ihnen bestimmen läßt. Das ganze Weltwesen liegt vor uns wie ein großer Steinbruch vor dem Baumeister, der nur dann den Namen verdient, wenn er aus diesen zufälligen Naturmassen ein in seinem Geiste entsprungenes Urbild mit der größten Ökonomie, Zweckmäßigkeit und Festigkeit zusammenstellt. Alles außer uns ist nur Element, ja ich darf wohl sagen, auch alles an uns; aber tief in uns liegt diese schöpferische Kraft, die das zu erschaffen vermag, was sein soll, und uns nicht ruhen und rasten läßt, bis wir es außer uns oder an uns, auf eine oder die andere Weise dargestellt haben.

Kühn handelt jedesmal der Gottberuf'ne; »ich hab's gewagt!« ist sein Wahlspruch; nicht: darf ich? kann ich? wer steht mir bei? wird's auch werden? – Sonst geschähe in der Welt nichts. Bei jedem Schritte wagen wir ja und zertreten Mücken.

Wir sind nicht klein, wenn Umstände uns zu schaffen machen, nur wenn sie uns überwältigen.

Das gemeine Menschenschicksal, an welchem wir alle zu tragen haben, muß denjenigen am schwersten aufliegen, deren Geisteskräfte sich früher und breiter entwickeln. Wir mögen unter dem Schutz von Eltern und Verwandten emporkommen, wir mögen uns an Geschwister und Freunde anlehnen, durch Bekannte unterhalten, durch geliebte Personen beglückt werden, so ist doch immer das Finale: daß der Mensch auf sich zurückgewiesen wird, und es scheint, es habe sogar die Gottheit sich so zu dem Menschen gestellt, daß sie dessen Ehrfurcht, Zutrauen und Liebe nicht immer, wenigstens nicht gerade im dringenden Augenblick erwidern kann.

Unser physisches sowohl als geselliges Leben, Sitten, Gewohnheiten, Weltklugheit, Philosophie, Religion, ja so manches zufällige Ereignis, alles ruft uns zu: daß wir *entsagen* sollen. So manches, was uns innerlich eigenst angehört, sollen wir nicht nach außen hervorbilden: was wir von außen zur Ergänzung unseres Wesens bedürfen, wird uns entzogen, dagegen aber so vieles aufgedrungen, das uns so fremd als lästig ist. Man beraubt uns des mühsam Erworbenen, des freundlich Gestatteten, und ehe wir hierüber recht ins klare sind, finden wir uns genötigt, unsere Persönlichkeit erst stückweise und dann völlig aufzugeben. Dabei ist es aber hergebracht, daß man denjenigen nicht achtet, der sich deshalb ungebärdig stellt, vielmehr soll man, je bitterer der Kelch ist, eine desto süßere Miene machen, damit ja der gelassene Zuschauer nicht durch irgendeine Grimasse beleidigt werde.

Diese schwere Aufgabe jedoch zu lösen, hat die Natur den Menschen mit reichlicher Kraft, Tätigkeit und Zähigkeit ausgestattet. Besonders aber kommt ihm der Leichtsinn zu Hilfe, der ihm unzerstörlich verliehen ist. Hierdurch wird er fähig, dem einzelnen in jedem Augenblick zu entsagen, wenn er nur im nächsten Moment nach etwas Neuem greifen darf; und so stellen wir uns unbewußt unser ganzes Leben wieder her. Wir setzen eine Leidenschaft an die Stelle der andern; Beschäftigungen, Neigungen, Liebhabereien, Steckenpferde, alles probieren wir durch, um zuletzt auszurufen: daß alles eitel sei.

Das ist der Vorzug edler Naturen, daß ihr Hinscheiden in höhere Regionen segnend wirkt, wie ihr Verweilen auf der Erde: daß sie uns von dorther gleich Sternen entgegenleuchten, als Richtpunkte, wohin wir unseren Lauf bei einer nur zu oft durch Stürme unterbrochenen Fahrt zu richten haben; daß diejenigen, zu denen wir uns als zu Wohlwollenden und Hilfreichen im Leben hinwendeten, nun die sehnsuchtsvollen Blicke nach sich ziehen als Vollendete, Selige.

Kunst

Das Studium der Kunst, wie das der alten Schriftsteller, gibt uns einen gewissen Halt, eine Befriedigung in uns selbst; indem sie unser Inneres mit großen Gegenständen und Gesinnungen füllt, bemächtigt sie sich aller Wünsche, die nach außen streben, und hegt jedes würdige Verlangen in unserem stillen Busen.

Die Kunst übernimmt nicht, mit der Natur in ihrer Breite und Tiefe zu wetteifern, sie hält sich an die Oberfläche der natürlichen Erscheinungen, aber sie hat ihre eigene Tiefe, ihre eigene Gewalt; sie fixiert die höchsten Momente dieser oberflächlichen Erscheinungen, indem sie das Gesetzliche darin anerkennt, die Vollkommenheit der zweckmäßigen Proportion, den Gipfel der

Schönheit, die Würde der Bedeutung, die Höhe der Leidenschaft.

Vollendung des Kunstwerks *in sich selbst* ist die ewig unerläßliche Forderung. Aristoteles, der das Vollkommene vor sich hatte, sollte an Effekt gedacht haben? welch ein Jammer!

Natur und Kunst ist zu groß, um auf Zwecke loszugehen; *Bezüge* gibt's überall, und Bezüge sind das Leben!

Die Kunst ruht auf einer Art religiösem Sinn, auf einem tiefen, unerschütterlichen Ernst; deswegen sie sich auch so gern mit der Religion vereinigt. Die Religion bedarf keines Kunstsinnes. Sie ruht auf ihrem eigenen Ernst; sie verleiht aber auch keinen, so wenig sie Geschmack gibt.

Der Glaube hat die Künste wieder hervorgehoben, der Aberglaube hingegen ist Herr über sie geworden und hat sie abermals zugrunde gerichtet.

Der wahre Künstler steht fest und sicher auf sich selbst; sein Streben, sein Ziel ist der höchste Zweck. Er wird sich immer noch weit von diesem Ziele finden und daher gegen die Kunst oder den Kunstbegriff notwendig allemal bescheiden sein und gestehen, daß er noch wenig geleistet habe, wie vortrefflich auch sein Werk sein mag und wie hoch sein Selbstgefühl im Verhältnis gegen die Welt steigen möchte. Dilettanten oder eigentlich Pfuscher scheinen im Gegenteil nicht nach einem Ziele zu streben, nicht *vor sich hin* zu sehen, sondern nur auf das, was *neben* ihnen geschieht. Darum vergleichen sie auch immer, sind meistens im Lob übertrieben, tadeln ungeschickt, haben eine unendliche Ehrerbietung vor ihresgleichen, geben sich dadurch ein Ansehen von Freundlichkeit, von Billigkeit, indem sie doch bloß sich selbst erheben.

Allem Leben, allem Tun, aller Kunst muß das Handwerk vorausgehen, welches nur in der Beschränkung erworben wird. Eines recht wissen und ausüben gibt höhere Bildung als Halbheit im Hundertfältigen.

Werde ja nicht mild im Urteil! was ist das Herrliche der Vorzeit, wenn sich das Nichtige des Tages aufdringen darf, weil es für diesmal das Privilegium hat, gegenwärtig und lebendig zu sein?

Wer aufhört, mit den Meistern seiner Kunst zu konversieren, der kommt nicht vorwärts und ist immer in Gefahr zurückzuschwanken. – Wie oft seh' ich Talente, die sich gebärden wie die Wespe an der Fensterscheibe; sie möchten das Undurchdringliche mit dem Kopfe durchbohren. Das ginge, denken sie, weil es durchsichtig ist!

Poesie wirkt am meisten im Anfang der Zustände, sie seien nun ganz roh, halbkultiviert oder bei Abänderung einer Kultur, daß man also sagen kann, die Wirkung der Neuheit findet durchaus statt.

Musik im besten Sinne bedarf weniger der Neuheit, ja vielmehr, je älter sie ist, je gewohnter man sie ist, desto mehr wirkt sie.

Die Würde der Kunst erscheint bei der Musik vielleicht am eminentesten, weil sie keinen Stoff hat, der abgerechnet werden müßte, sie ist ganz Form und Gehalt und erhöht und veredelt alles, was sie ausdrückt.

Plastik wirkt eigentlich nur auf ihrer höchsten Stufe; alles Mittlere kann wohl aus mehr denn einer Ursache imponieren, aber alle mittleren Kunstwerke dieser Art machen mehr irre, als daß sie erfreuen. Die Bildhauerkunst muß sich daher noch ein stoffartiges Interesse suchen, und das findet sie in den Bildnissen bedeutender Menschen. Aber auch hier muß sie schon einen hohen Grad erreichen, wenn sie zugleich wahr und würdig sein will.

Die *Malerei* ist die läßlichste und bequemste von allen Künsten. Die läßlichste, weil man ihr um des Stoffes und des Gegenstandes willen auch da, wo sie nur Handwerk oder kaum eine Kunst ist, vieles zugute hält und sich an ihr erfreut; teils weil eine technische, obgleich geistlose Ausführung den Ungebildeten wie den Gebildeten in Verwunderung setzt, so daß sie sich also nur einigermaßen zur Kunst zu steigern braucht, um in einem höheren Grade willkommen zu sein. Wahrheit in Farben, Oberflächen, in Beziehungen der sichtbaren Gegenstände aufeinander ist schon angenehm, und da das Auge ohnehin gewohnt ist, alles zu sehen, so ist ihm eine Mißgestalt und also auch ein Mißbild nicht so zuwider als dem Ohr ein Mißton. Man läßt die schlechteste Abbildung gelten, weil man noch schlechtere Gegenstände zu sehen gewohnt ist. Der Maler darf also nur einigermaßen Künstler sein, so findet er schon ein größeres Publikum als der Musiker, der auf gleichem Grade stünde; wenigstens kann der geringere Maler immer für sich operieren, anstatt daß der mindere Musiker sich mit andern soziieren muß, um durch gesellige Leistung einigen Effekt zu tun.

Der Mensch ist so geneigt, sich mit dem Gemeinsten abzugeben, Geist und Sinne stumpfen sich so leicht gegen die Eindrücke des Schönen und Vollkommenen ab, daß man die Fähigkeit, es zu empfinden, bei sich auf alle Weise erhalten sollte. Denn einen solchen Genuß kann niemand ganz entbehren, und nur die Ungewohntheit, etwas Gutes zu genießen, ist Ursache, daß viele Menschen schon am Albernen und Abgeschmackten, wenn es neu ist, Vergnügen finden. Man sollte alle Tage wenigstens ein kleines Lied hören, ein gutes Gedicht lesen, ein treffliches Gemälde sehen und, wenn es möglich zu machen wäre, einige vernünftige Worte sprechen.

Poesie

Lebendiges Gefühl der Zustände und Fähigkeit, es auszudrücken, macht den Poeten.

Die wahre Poesie kündet sich dadurch an, daß sie, als ein weltliches Evangelium, durch innere Heiterkeit, durch äußeres Behagen, uns von den irdischen Lasten zu befreien weiß, die auf uns drücken. Wie ein Luftballon hebt sie uns mit dem Ballast, der uns anhängt, in höhere Regionen und läßt die verwirrten Irrgänge der Erde in Vogelperspektive vor uns entwickelt da liegen. Die muntersten wie die ernstesten Werke haben den gleichen Zweck, durch eine glückliche geistreiche Darstellung so Lust als Schmerz zu mäßigen.

Der Dichter steht viel zu hoch, als daß er Partei machen sollte.

Heiterkeit und Bewußtsein sind die schönen Gaben, für die er dem Schöpfer dankt.

Bewußtsein, daß er vor dem Furchtbaren nicht erschrecke, Heiterkeit, daß er alles erfreulich darzustellen wisse.

Die Besonnenheit des Dichters bezieht sich eigentlich auf die Form, den Stoff gibt ihm die Welt nur allzu freigebig, der Gehalt entspringt freiwillig aus der Fülle seines Innern; bewußtlos begegnen beide einander, und zuletzt weiß man nicht, wem eigentlich der Reichtum angehört.

Aber die Form, ob sie schon vorzüglich im Genie liegt, will erkannt, will bedacht sein, und hier wird Besonnenheit gefordert, daß Form, Stoff und Gehalt sich zueinander schicken, sich einander durchdringen.

Die Einbildungskraft in ihrer ausgedehnten Beweglichkeit scheint zwar kein Gesetz zu haben, vielmehr wie ein wacher Traum hin und her zu schwanken; aber genau besehen, wird sie auf mannigfaltige Weise geregelt: durch Gefühl, durch sittliche Forderungen, durch Bedürfnis des Hörers, am glücklichsten aber durch Geschmack, wobei die Vernunft ihre edlen Gerechtsame leitend ausübt.

Der Humor ist eins der Elemente des Genies, aber sobald er vorwaltet, nur ein Surrogat desselben; er begleitet die abnehmende Kunst, zerstört, vernichtet sie zuletzt.

Übersetzer sind als geschäftige Kuppler anzusehen, die uns eine halbverschleierte Schöne als höchst liebenswürdig anpreisen, sie erregen eine unwiderstehliche Neigung nach dem Original.

Die eigentliche Kraft und Wirksamkeit der Poesie sowie der bildenden Kunst liegt darin, daß sie Hauptfiguren schafft und alles, was diese umgibt, selbst das Würdigste, untergeordnet darstellt. Hierdurch lockt sie den Blick auf die Mitte, woher sich die Strahlen über das Ganze verbreiten, und so bewährt sich Glück und Weisheit der Erfindung sowie der Komposition einer wahren alleinigen Dichtung.

Die Geschichte dagegen handelt ganz anders. Von ihr erwartet man Gerechtigkeit; sie darf, ja sie soll den Glanz des Vorfechters eher dämpfen als erhöhen. Deshalb verteilt sie Licht und Schatten über alle; selbst den Geringsten unter den Mitwirkenden zieht sie hervor, damit auch ihm seine gebührende Portion des Ruhms zugemessen werde.

Fordert man aber aus mißverstandener Wahrheitsliebe von der Poesie, daß sie gerecht sein solle, so zerstört man sie alsobald.

Geschichte

Es entsteht ein eigenes, allgemeines Behagen, wenn man einer Nation ihre Geschichte auf eine geistreiche Weise wieder zur Erinnerung bringt; sie erfreut sich der Tugenden ihrer Vorfahren und belächelt die Mängel derselben, welche sie längst überwunden zu haben glaubt.

Es gibt bedeutende Zeiten, von denen wir wenig wissen. Zustände, deren Wichtigkeit uns nur durch ihre Folgen deutlich wird. Diejenige Zeit, welche der Same unter der Erde zubringt, gehört vorzüglich mit zum Pflanzenleben.

Wenn wir uns aus dem bekannten Gewordenen das unbekannte Werden aufzubauen genötigt finden, so erregt es eben die angenehme Empfindung, als wenn wir eine uns bisher unbekannte, gebildete Person kennenlernen und die Geschichte ihrer Bildung lieber herausahnen als herausforschen.

Höchst reizend ist für den Geschichtsforscher der Punkt, wo Geschichte und Sage zusammengrenzen. Es ist meistens der schönste der ganzen Überlieferung.

Welche Regierung die beste sei? Diejenige, die uns lehrt, uns selbst zu regieren.

Bisher glaubte die Welt an den Heldensinn einer Lukretia, eines Scävola und ließ sich dadurch erwärmen und begeistern. Jetzt kommt die Kritik und sagt, daß das Fabeln sind, die der große Sinn der Römer erdichtete. Was wollen wir aber mit einer so ärmlichen Wahrheit! und wenn die Römer groß genug waren, so etwas zu erdichten, so sollten wir wenigstens groß genug sein, daran zu glauben.

Wenn der denkende Geschichtsforscher mit Betrübnis bemerken muß, daß Wahrheit so wenig als Glück einen dauerhaften Sitz auf der Erde gewinnen können, da dieses mit manchem Unheil, jene mit manchem Irrtum beständig abzuwechseln hat, so ist es ihm desto erfreulicher zu sehen, wenn die Wahrheit auch in Zeiten, wo sie nicht durchdringen kann, nur gleichsam eine Protestation einlegt, um ihre Rechte, wo nicht zu behaupten, doch zu verwahren.

Philosophie

Philosophie, wenn sie fürs Leben Bedeutsamkeit gewinnen will, muß geliebt und gelebt werden.

Gehalt ohne Methode führt zur Schwärmerei; Methode ohne Gehalt zum leeren Klügeln; Stoff ohne Form zum beschwerlichen Wissen; Form ohne Stoff zu einem hohlen Wähnen.

Die Wahrheit widerspricht unserer Natur, der Irrtum nicht, und zwar aus einem sehr einfachen Grunde; die Wahrheit fordert, daß wir uns für beschränkt erkennen sollen, der Irrtum schmeichelt uns, wir seien auf eine oder die andere Weise unbegrenzt.

Es bleibt entschieden wahr: Was ich recht weiß, weiß ich eigentlich nur mir selbst; wie ich damit hervortrete, rückt mir sogleich Bedingung, Widerspruch, Verwirrung auf den Hals. Das Sicherste bleibt: daß wir alles, was in und an uns ist, in Tat zu verwandeln suchen; darüber mögen denn die anderen, wie sie wollen und können, reden und verhandeln.

Jeder Mensch muß nach seiner Weise denken, denn er findet auf seinem Wege immer ein Wahres oder eine Art von Wahrem, die ihm durchs Leben hilft; nur darf er sich nicht gehenlassen; er muß sich kontrollieren; der bloße nackte Instinkt geziemt nicht dem Menschen.

Wie müßten wir verzweifeln, das Äußere so kalt, so leblos zu erblicken, wenn nicht in unserem Innern sich etwas entwickelte, das auf eine ganz andere Weise die Natur verherrlicht, indem es uns selbst in ihr zu verschönern eine schöpferische Kraft erweist.

Man sagt von dem menschlichen Herzen, es sei ein trotzig und verzagtes Wesen. Von dem menschlichen Geiste darf man wohl ähnliches prädizieren. Er ist ungeduldig und anmaßlich und zugleich unsicher und zaghaft. Er strebt nach Erfahrung und in ihr nach einer erweiterten reineren Tätigkeit, und dann bebt er wieder davor zurück, und zwar nicht mit Unrecht. Wie er vorschreitet, fühlt er immer mehr, wie er bedingt sei, daß er verlieren müsse, indem er gewinnt; denn ans Wahre wie ans Falsche sind notwendige Bedingungen des Daseins gebunden.

Das Wahre ist eine Fackel, aber eine ungeheure; deswegen suchen wir alle nur blinzelnd so daran vorbeizukommen, in Furcht, sogar uns zu verbrennen.

Es ist so gewiß als wunderbar, daß Wahrheit und Irrtum aus *einer* Quelle entstehen; deswegen man oft dem Irrtum nicht schaden darf, weil man zugleich der Wahrheit schadet.

Der Irrtum verhält sich gegen das Wahre wie der Schlaf gegen das Wachen; ich habe bemerkt, daß man aus dem Irren sich wie erquickt wieder zu dem Wahren hinwendet.

Denken und Tun, Tun und Denken, das ist die Summe aller Weisheit, von jeher anerkannt, von jeher geübt, nicht eingesehen von einem jeden. Beides muß wie Aus- und Einatmen sich im Leben ewig fort hin und wider bewegen; wie Frage und Antwort sollte eines oder das andere nicht stattfinden. Wer sich zum Gesetz macht, was einem jeden Neugeborenen der Genius des Menschenverstandes heimlich ins Ohr flüstert, das Tun am Denken, das Denken am

Tun zu prüfen, der kann nicht irren, und irrt er, so wird er sich bald auf den rechten Weg zurückfinden.

Wie kann man sich selbst kennenlernen? Durch Betrachten niemals, wohl aber durch Handeln. Versuche deine Pflicht zu tun, und du weißt gleich, was an dir ist.

Die Natur hat immer recht, und die Fehler und Irrtümer sind immer des Menschen.

Johann Wolfgang Goethe, 1749 in Frankfurt a. M. geboren, studierte Jura in Leipzig und Straßburg. Mit dem *Werther*-Roman schrieb er 1774 den ersten internationalen Bestseller und ging ein Jahr später auf Einladung des Herzogs Karl August von Sachsen nach Weimar, wo er es bis zum Bergwerksleiter, Direktor des Weimarer Hoftheaters und Staatsminister brachte. Der bekannteste Vertreter des Sturm und Drang wandelte sich unter dem Einfluß des Hoflebens und der ersten Italienreise zum Vollender des klassischen Formideals. Seinem Freund Friedrich Schiller verdankte er entscheidende Anstöße zur Vollendung wichtiger Werke, wie etwa des *Faust*, an dem er während 60 Jahren schrieb. Goethe prägte den Begriff ›Weltliteratur‹ als Gegensatz zur nationalen, und er ist der erste und bis heute der bedeutendste Deutsche, der zu ihren Vertretern gehört.

Johann Wolfgang Goethe im Diogenes Verlag

»Goethe ist unerschöpflich. Er kann nicht klassifiziert werden. Er war alles und noch mehr.« *Karl Jaspers*

Gedichte
Erster Band. Lieder/Balladen/Elegien/
Sonette/Kantaten/Epigramme
Herausgegeben von Ernst Merian-Genast
Mit einem Nachwort von Richard Dehmel

Zweiter Band. Gedankenlyrik/ Westöstlicher Divan
Mit einem Nachwort von Konrad Burdach

Faust
Der Tragödie erster und zweiter Teil
Herausgegeben von Ernst Merian-Genast
Mit einem Nachwort von Thomas Mann

Die Leiden des jungen Werther
Roman. Mit einem Kommentar des Autors
aus dem Jahre 1814

Die Wahlverwandtschaften
Roman. Mit einem Nachwort von Reinhard Baumgart

Die schönsten Gedichte
Ausgewählt von Franz Sutter

Von der Höflichkeit des Herzens
und andere Gedanken
Herausgegeben und mit einem Vorwort
von Ernst Freiherr von Feuchtersleben

Heinrich Heine im Diogenes Verlag

»Heine war ein Aufklärer, Klassiker und Romantiker in einem und stets auch, wie jener königliche Spaßmacher, dessen Schädel Hamlet betrachtet, ›ein Bursch von unendlichem Humor, voll von den herrlichsten Einfällen‹.« *Marcel Reich-Ranicki*

»Einer der anmutigsten, freiesten, kühnsten und künstlerischsten Geister, die Deutschland je hervorgebracht hat.«
Thomas Mann

Gedichte
Ausgewählt und eingeleitet von Ludwig Marcuse

Reisebilder
Mit einem Nachwort von Hiltrud Häntzschel

Die schönsten Gedichte von Heinrich Heine
Ausgewählt von Anton Friedrich

Außerdem liegt vor:

Ludwig Marcuse
Heinrich Heine
Melancholiker, Streiter in Marx, Epikureer

Friedrich Nietzsche
Brevier

Ausgewählt, herausgegeben und mit einem Nachwort von Wolfgang Kraus

»Ich schließe alle meine Briefe an meine Freunde mit: Lest Nietzsche!«
August Strindberg

»Nietzsche ist, was sich immer deutlicher zeigt, der weitreichende Gigant der nachgoetheschen Epoche und seit Luther das größte deutsche Sprachgenie.«
Gottfried Benn

»Tritt man in Nietzsches Bücher, so fühlt man Ozon, elementarische, von aller Dumpfheit, Vernebelung und Schwüle entschwängerte Luft: man sieht frei in dieser heroischen Landschaft bis in alle Himmel hinauf und atmet eine einzig durchsichtige, messerscharfe Luft, eine Luft für starke Herzen und freie Geister.« *Stefan Zweig*

Kleine Diogenes Taschenbücher 70139

de
te
be